木蘭辭

克蕾夢絲‧波列／圖

林世仁／譯寫

三民書局

獻給羅曼。

感謝海倫娜的支持。

Clémence P.

「唧唧唧——唧唧唧——」大門裡，木蘭正織著布匹。

「唉……唉……」怎麼織布聲不再，卻響起聲聲嘆息？

木蘭，妳是心中湧起思念？

還是浮現什麼回憶？

「我不是心中湧起思念，

也沒有浮現什麼回憶。」

「只是昨晚看到徵兵令，天子全國大點兵。

徵兵名冊長長十二卷，卷卷都有爹爹的名。」

「爹爹沒有成年的兒子，木蘭又沒有兄長。

思來想去，木蘭願意整行裝，代父上戰場！」

東市買來駿馬，西市買來座鞍；

南市買來韁繩，北市買來長鞭。

天色剛亮，木蘭便辭別了爹娘，
暮色來臨時，已趕到黃河邊上。

爹娘呼喚女兒的聲音啊——木蘭再也聽不到！
只聽到黃河的流水聲，洶洶滔滔。

天色剛亮，木蘭便離開了黃河，
暮色來臨時，已趕到了黑山頭。

爹娘呼喚女兒的聲音哪——木蘭再也聽不到！
只聽到敵人的鐵騎聲，轟轟擾擾。

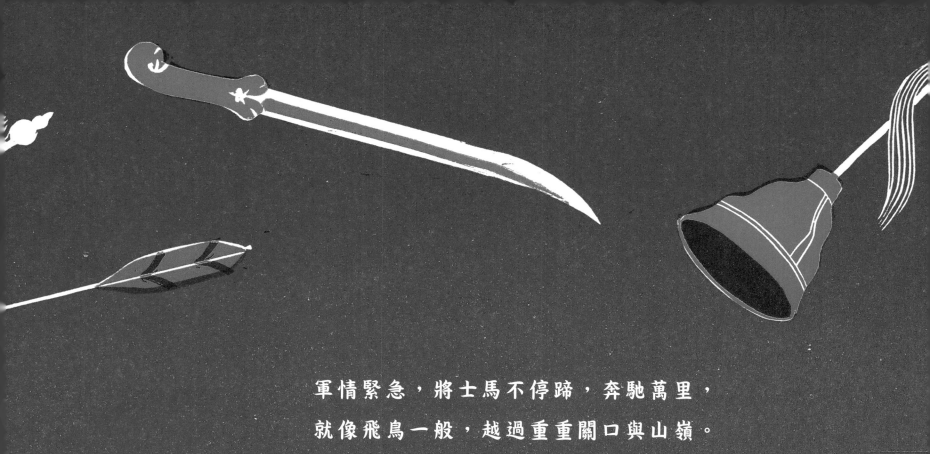

軍情緊急，將士馬不停蹄，奔馳萬里，
就像飛鳥一般，越過重重關口與山嶺。
北方嚴寒的冷風中，傳來陣陣打更聲。
鐵甲戰袍上，夜夜閃爍著星月的寒光。

犧牲的將士，成就了一場場勝仗。
存活的英雄，十年後把凱歌高唱。

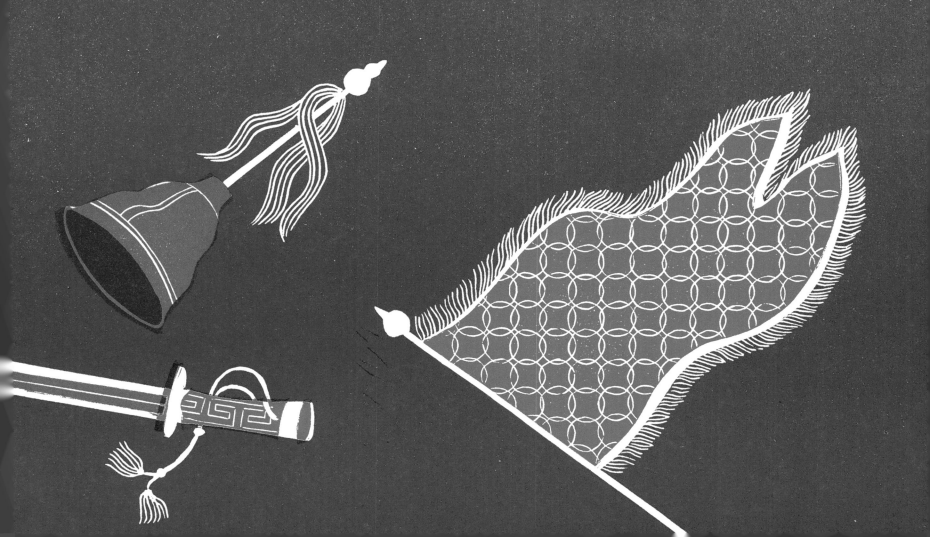

回來拜見天子，天子高高坐在殿堂。

榮耀的戰功記了又記，珍貴的財寶賞了又賞！

天子問木蘭有什麼願望？
「木蘭不需要封賞，也不想做尚書郎，
只願賜我善跑的駱駝，日夜奔馳送我回故鄉。」

爹娘聽說女兒回來了！
手攬著手，村口等候。

姊姊聽說妹妹回來了！
忙整衣裳，對鏡補妝。

弟弟聽說姊姊回來了！
磨刀霍霍，追豬抓羊。

打開東邊的房門，坐上昔日的繡床。
脫下當兵的戰袍，換上舊時的衣裳。

坐在窗邊，輕輕梳攏柔長的鬢髮；
對著鏡子，仔細貼上美麗的花黃。

走出大門看伙伴，伙伴各個驚訝相望：
「同行打仗十多年，不知木蘭是女郎！」

雄兔和雌兔，雙腳一樣撲騰好動，
雙眼同樣迷迷濛濛。
當牠們並肩奔跑起來，
只見咻咻身影——
是雄是雌啊！又有誰能辨得分明？

木蘭辭

唧唧復唧唧　木蘭當戶織　不聞機杼聲　惟聞女嘆息
問女何所思　問女何所憶　女亦無所思　女亦無所憶
昨夜見軍帖　可汗大點兵　軍書十二卷　卷卷有爺名
阿爺無大兒　木蘭無長兄　願為市鞍馬　從此替爺征

東市買駿馬　西市買鞍韉　南市買轡頭　北市買長鞭
朝辭爺孃去　暮宿黃河邊　不聞爺孃喚女聲　但聞黃河流水鳴濺濺
旦辭黃河去　暮至黑山頭　不聞爺孃喚女聲　但聞燕山胡騎聲啾啾
萬里赴戎機　關山度若飛　朔氣傳金柝　寒光照鐵衣　將軍百戰死　壯士十年歸

歸來見天子　天子坐明堂　策勳十二轉　賞賜百千強
可汗問所欲　木蘭不用尚書郎　願借明駝千里足　送兒還故鄉

爺孃聞女來　出郭相扶將　阿姊聞妹來　當戶理紅妝　小弟聞姊來　磨刀霍霍向豬羊
開我東閣門　坐我西閣床　脫我戰時袍　著我舊時裳　當窗理雲鬢　對鏡貼花黃
出門看伙伴　伙伴皆驚惶　同行十二年　不知木蘭是女郎

雄兔腳撲朔　雌兔眼迷離　兩兔傍地走　安能辨我是雄雌

再見「木蘭」，一場已知與未知相遇的旅程

游珮芸（國立臺東大學兒童文學研究所所長）

「唧唧復唧唧，木蘭當戶織，不聞機杼聲，惟聞女嘆息。」應該不少人能接著背誦幾句吧？我則想起中學時期初識古文的青澀歲月，同學們互相打鬧嬉戲的課堂。打開記憶的抽屜，你是否曾在戲劇表演中扮演「花木蘭」？讀過兒童版小說？看過歌仔戲、電視劇、電影或迪士尼動畫版的《花木蘭》？〈木蘭辭〉是國文科的考題，是文藝影視創作的題材，是日常對話中拋擲的「撲朔迷離」、「磨刀霍霍」的語源。我們可以不假思索地介紹「木蘭」，像描述一位熟悉的朋友：「喔，她女扮男裝，代父從軍，是個巾幗英雄。」

可是，我們真的認識「木蘭」嗎？

當我閱讀這本圖畫書形式的《木蘭辭》，除了被它作為書本的美麗典雅所撼動，更在心中升起無數疑惑。這質樸精鍊僅三百多字的「古文」，除了教我們文學修辭的技巧，傳遞古代奇女子「忠孝兩全」的行動力，還諷諫了什麼？大部分的學者認定〈木蘭辭〉來自北朝傳唱的民歌，一千多年來，它提供了考據究學的材料，各種藝術形式演繹的源泉，甚至因迪士尼動畫全球的傳播力，成為當代兒少熟知的故事之一。究竟「木蘭」的魅力何在？何以能跨越時空與文化的藩籬，衍生出如此眾多的木蘭群像？或者，透過〈木蘭辭〉這個三稜鏡，如何窺探不同時代與文化背景的創作版本所蘊含的思想光譜？

圖畫書《木蘭辭》誕生於 2015 年，由臺灣人葉俊良與法國人黎雅格在法國創立的鴻飛文化出版社所出版。插畫家克蕾夢絲·波列創作的版畫，搭配葉俊良的譯文，原本設定的讀者是法國的孩童與大人。這本 2019 年三民書局的中文版，則配上兒童文學作家林世仁改寫的現代韻文，作為引介臺灣兒童讀者親近古典文學的橋梁，也讓已能背誦〈木蘭辭〉的讀者，產生一種召喚記憶的新鮮感。而最讓我驚豔的是，作為一本以連續圖像敘事的圖畫書，它構築了層次分明的空間感，在文圖共舞中展現令人賞心悅目的藝術性，以極簡的象徵物件、圖像的隱喻、虛實交錯的手法，精釀出對〈木蘭辭〉核心價值的詮釋。

克蕾夢絲·波列以四色版畫創作了她的〈木蘭辭〉：蘊藏文化 DNA 的朱砂紅、彰顯高貴與活力的橙黃、莊重與神祕的靛藍、內斂與智慧的孔雀藍，還有，乾乾淨淨的白。套色版畫雕刻與拓印的製作過程繁瑣，極需耐心與毅力，講求精準與專注。最終，在書籍的紙頁上，線條中殘存著刀工刻痕，大面積的色塊裡，透留油墨拓印的霧感肌理，還有套色些微錯位的效果，在在讓人感受到藝術家的人味與手感，還有製作過程中近乎冥想的沉定。波列運用皮影戲的效果，拉出跨頁中主調與附唱的層次感，如前段父親問木蘭嘆息之因、後段小弟磨刀霍霍向豬羊的畫面。構圖中設計各種開放與閉鎖的框線，示意紡織機、窗沿、宮殿、城郭、屏風、棧橋等故事場景。開場的織布絲線延展成的波紋，暗喻木蘭即將展開的旅程，在書中出征戰旅的過程，又再出現三次，最終定格在木蘭揮別戰時伙伴的曲終，首尾呼應，是圖像獨自演奏的弦外之音，是藝術家神來一筆的巧思。

圖畫書以一文字段落，對應一跨頁的方式展開，節奏明快。因此，「萬里赴戎機，關山度若飛」那僅用三十個字描寫十年戰事的段落，也只凝縮成一個跨頁的畫面。這讓我重新認識〈木蘭辭〉，與其說它歌詠了女英雄的戰功輝煌，毋寧說它更強調平民百姓對於和平的嚮往。波列在書中大都採用側臉與背面的木蘭，唯有在恢復女兒身，對鏡貼花黃的那一幕，讓木蘭正面現身，凝視著身為讀者的我們。告別背後屏風裡騎馬的英姿，選擇解甲歸鄉的木蘭，柔美又堅毅。或者，你，還看見了什麼？

　　內封面戴著頭盔的正面頭像，內封底髻髮上插著木蘭花的背面頭像，極簡大膽的構圖，洗鍊的用色與精美的裝幀，都加深了我對本書的喜愛。與波列、林世仁版的《木蘭辭》相遇，享受文學與藝術和鳴的饗宴之餘，也開啟了我一場思索與探究之旅。而旅途，未竟中。

克蕾夢絲・波列畢業於巴黎艾提安插畫學校和史特拉斯堡裝飾藝術學校，很快便受到業界矚目。她曾入選多項大獎，包含2006年未來人物及國際夏爾佩羅學會主辦的國際比賽，及2007年的波隆那插畫獎。由她負責插畫的繪本《飄散的髮》（2009，盧艾格出版社），獲得蒙特羅兒童書展大獎的殊榮，並於2010年及2015年分別至特魯瓦和圖爾參與駐村創作計畫。2015年，本書《木蘭辭》（鴻飛文化出版）獲得「陳伯吹國際兒童文學獎」的年度圖書（繪本）獎。在工作之餘，她仍繼續在插畫領域深造，尤其是透過凸版印刷和版畫等不同技巧來創作，其努力備受肯定。

林世仁是文化大學藝術研究所碩士，現為專職童書作家。作品有圖象詩《文字森林海》、童詩《誰在床下養了一朵雲？》、《古靈精怪動物園》、《字的小詩》系列；童話《不可思議先生故事集》、《小麻煩》、《流星沒有耳朵》、《字的童話》系列；《我的故宮欣賞書》等五十餘冊。曾獲金鼎獎、《國語日報》牧笛獎童話首獎，以及《聯合報》、《中國時報》、好書大家讀年度最佳童書，第四屆華文朗讀節焦點作家。

© 木 蘭 辭

繪　　圖	克蕾夢絲・波列
譯　　寫	林世仁
責任編輯	徐子茹
美術設計	林易儒
版權經理	黃瓊蕙
發 行 人	劉振強
發 行 所	三民書局股份有限公司
	地址　臺北市復興北路386號
	電話　(02)25006600
	郵撥帳號　0009998-5
門 市 部	(復北店) 臺北市復興北路386號
	(重南店) 臺北市重慶南路一段61號
出版日期	初版一刷　2019年4月
編　　號	S 858701

行政院新聞局登記證局版臺業字第○二○○號

有著作權・不准侵害

ISBN　978-957-14-6566-1　(精裝)

http://www.sanmin.com.tw　三民網路書店
※本書如有缺頁、破損或裝訂錯誤，請寄回本公司更換。